CONSULTATION

POUR

M. LE DUC D'UZÈS

———⁕———

PARIS

IMPRIMERIE GÉNÉRALE DE CH. LAHURE

RUE DE FLEURUS, 9

180·

CONSULTATION

POUR

M. LE DUC D'UZÈS.

Les conseils soussignés,

Consultés par M. le duc d'Uzès sur le recours en cassation qu'il a formé contre l'arrêt de la cour de Riom, rendu le 9 janvier 1865,

Adoptent les résolutions suivantes :

§ Ier.

Voici les faits qui résultent des constatations mêmes de l'arrêt, auxquelles seules il faut s'attacher :

I. La famille de M. le duc d'Uzès porte de temps immémorial et en vertu de titres certains, comme nom patronymique, le nom de *de Crussol, avec son orthographe actuelle qui n'a jamais varié.*

Le nom constitue, pour la famille, un signe essentielle-

ment distinctif, dès lors une propriété personnelle et inviolable, unissant à sa grande ancienneté un remarquable caractère d'immutabilité reconnu par l'arrêt; car, d'une part, la
Cour n'y relève, *depuis* 1350, *que deux variantes* qu'elle
traite aussitôt *d'accidents et d'erreurs sans portée, en face
des documents sans nombre où il est constamment écrit avec
son orthographe actuelle*, et, d'autre part, elle déclare n'y plus
reconnaître *aucune variation, depuis les lettres patentes
qui, en* 1565 *et* 1572, *érigèrent la vicomté d'Uzès, d'abord
en duché, puis en pairie* (Arrêt imprimé, p. 2 et 3). Ce nom,
identifié ainsi avec le sang lui-même depuis plus de cinq siècles, n'est-il pas de toutes les propriétés la plus respectable?

II. Cependant une famille des Epesse, entièrement étrangère à la famille de Crussol d'Uzès, revendique ce nom de
de Crussol comme lui appartenant et devant se joindre, en
le précédant, à celui de des Epesse. Elle en demande l'inser-
tion dans tous les actes de son état civil où il n'est pas énoncé.

Elle se fonde, non pas sur ce que ce serait là son nom
d'origine, transmis de génération en génération par la filiation légitime; non pas davantage sur ce que ce nom lui
aurait été concédé par décret souverain; mais sur ce qu'il
serait pour elle une variante dernière, une altération plus
ou moins récente d'un nom originaire, qui, primitivement,
lui aurait appartenu avec une orthographe et une consonnance différentes.

III. Que la famille des Epesse soit distincte de la famille
de Crussol d'Uzès, dès ses origines les plus lointaines, dès
ses premiers auteurs connus, c'est un point incontestable.
L'arrêt consacre toute une série de *considérants* à démon-

trer cette *absence de toute parenté entre les de Crussol et les des Epesse* (p. 3 et 4).

Et d'ailleurs, MM. des Epesse, après avoir élevé sur ce point des prétentions plus ambitieuses que sincères, ont dû les abdiquer à la barre de la Cour, et se résigner à voir cet abandon souverainement consacré dans les constatations de l'arrêt (p. 4).

IV. Cette famille des Epesse, tout à fait étrangère aux de Crussol, portait-elle du moins le même nom, par une de ces coïncidences dont on ne voit ni la cause première ni l'origine?

En aucune façon! et l'arrêt s'en explique encore.

Il établit que le nom *primitif* de MM. des Epesse n'est pas *de Crussol*, qu'il est *de Coursule* (p. 7 et 8).

Sa rédaction, fort développée, est tout entière conçue dans ce système, que le nom primitif s'est corrompu, qu'il en est résulté le nom de de Crussol, forme de dénomination qui, loin d'être originelle, est l'altération d'une forme ancienne et différente.

On y lit : *Que le nom* PRIMITIF *de Coursule, Cursule ou Courcelles, s'est, avec le temps, transformé en celui de de Crussol* (p. 18); *que l'auteur le plus ancien, dont il reste trace, fut un certain Philippe de Courcelles, qui vivait en Languedoc en 1500; que, pour les huit générations comprises dans les deux siècles écoulés de 1500 à 1700, le nom oscille entre quatre variantes principales : Courcelles, Coursule, Cursule ou Courselles, tantôt avec un seul L, tantôt avec deux LL* (p. 7).

Enfin, poursuivant l'examen de la généalogie de MM. des Epesse, l'arrêt mentionne que leur famille émigra de Langue-doc en Auvergne au dix-huitième siècle, et qu'alors « *le nom*

« PRIMITIF *Courselles ou Coursule ne tarda pas à s'altérer,*
« sous la double influence de la prononciation locale et de
« l'incurie des rédacteurs d'actes, et qu'il passa successive-
« ment par de nombreuses variantes, du milieu desquelles
« *surgit et finit par dominer, vers le milieu du siècle der-*
« *nier, le nom de de Crussol des Epesse* » (p. 8).

En sorte que Crussol, loin d'être pour MM. des Epesse, le
nom *primitif* et originel, n'est que la forme la plus récente
d'une appellation primitive, mais différente, qu'on reconnaît
avoir existé antécédemment.

L'arrêt va plus loin encore :

Il ne classe pas le nom de *de Crussol* parmi les variantes
qu'aurait affectées, dès l'origine, le nom patronymique de la
famille des Epesse ; il ne l'indique que comme celle qu'il
aurait adoptée en dernier lieu; puis, après avoir indiqué
quatre de ces variantes (p. 7, 1ᵒ), l'arrêt les réduit à trois
(p. 18), puis à deux (p. 8, 3ᵒ); enfin il indique quelle est,
parmi ces variantes, d'un nombre sans cesse décroissant,
celle à laquelle on doit s'attacher, comme constituant, à l'ex-
clusion des autres, le nom vraiment originaire, authentique
et pur de la famille des Epesse ; et cependant ce n'est pas ce
nom qu'il va lui attribuer.

En effet, sur la question de parenté entre cette famille et
celle des ducs d'Uzès, par conséquent sur la question d'origine vraie de MM. des Epesse, l'arrêt vise en termes explicites
le jugement compétemment rendu à l'égard d'un de leurs
ancêtres, le 1ᵉʳ février 1669, par M. de Bezons, intendant du
Languedoc, chargé, par mission spéciale du roi Louis XIV,
de recevoir pour cette province les preuves de noblesse.

De ce jugement, il résulte que l'auteur direct et incon-
testé des consorts des Epesse, à cette époque, *Georges Cour-*

sule, fit, sous le nom de *Coursule, seigneur de Saint-Remy*, la preuve de sa noblesse, en établissant judiciairement, tant la filiation qui le rattachait à Louis, fils de Philippe, tige première de la famille des Epesse, que la noblesse acquise aux divers degrés qui remontaient jusque-là.

Cette double preuve était fournie par le comparant, pour lui et ses ancêtres, jusques et y compris Philippe, et admise par M. de Bezons, sous le nom fixé de *Coursule*.

L'arrêt, rattachant ainsi authentiquement les consorts des Epesse à une famille à laquelle, *depuis Georges, auteur intermédiaire, jusqu'à Philippe, auteur premier*, la décision judiciaire et compétente de M. de Bezons a imprimé le nom invariable de Coursule, fixe donc en ce sens, par voie de conséquence nécessaire, le nom vrai de cette famille.

Ce nom est donc *Coursule;* les autres formes, signalées *transeundo* par l'arrêt, n'en peuvent donc être que des corruptions éloignées ou prochaines (*V.* arrêt, p. 4 ; *Pièces fugitives du marquis des Aubaïs, visées par l'arrêt,* t. II, p. 97; *Copie authentique du jugement de M. de Bezons, produite par le duc d'Uzès devant la Cour impériale, d'après le manuscrit de la Bibliothèque impériale*).

Objectera-t-on :

1° Que l'arrêt laisse indécise la question de savoir si le nom primitif est *Coursule* ou *Courcelles;* que, dans le passage où il signale le moins grand nombre de variantes du nom qu'il qualifie de *primitif*, il les énonce l'une et l'autre (p. 8, 3°)?

2° Qu'ailleurs il rattache les consorts des Epesse à un auteur premier nommé *Courcelles* et non *Coursule* (p. 7)?

Il faut répondre d'abord :

Que peu importerait cette indécision dans l'arrêt dénoncé;

car ce qu'il importe d'établir devant la Cour suprême et ce
qui est reconnu par l'arrêt, c'est que *le nom* PRIMITIF *de
MM. des Epesse* N'EST PAS DE CRUSSOL, puisque c'est là le
seul nom en litige.

Mais l'arrêt ne laisse pas même, dans la vérité des choses,
subsister cette indécision, qui, d'ailleurs, pour la thèse en
droit, serait sans aucune conséquence.

Quand il dit en effet : *Le nom primitif est Courcelles ou
Coursule*, il ne peut pas vouloir dire que l'une et l'autre appellation existait indifféremment dans l'origine ; il ne peut
signifier qu'une chose, c'est qu'il ne sait pas quelle est celle
qui a existé avant l'autre.

Nul n'a pu avoir qu'un seul nom *primitif*, et chaque nom
n'a nécessairement revêtu qu'une seule forme *primitive*.

D'autres formes ont pu rapidement suivre, mais elles n'ont
plus été la forme réellement *primitive*.

La nécessité des choses exige donc un choix entre les deux
formes présentées comme *primitives ;* et si ce choix est dans
l'arrêt, il est irréprochable devant la Cour suprême, et s'im-
pose comme point de départ de la discussion.

Or, n'est-ce pas avec l'arrêt qu'on vient de rattacher
MM. des Epesse à la famille *Coursule*, notamment à *Georges
Coursule*, et par lui à Philippe, et d'établir authentiquement,
par le jugement de M. de Bezons, l'existence du nom fixe de
Coursule en la personne de *l'auteur premier* de cette famille ?
Le nom *premier* est donc *Coursule ;* l'arrêt indique ainsi le
choix à faire, et décide lui-même la forme originaire du nom
des défendeurs éventuels.

Qu'en second lieu, s'il est vrai qu'il semble aussi appliquer à cet auteur *premier* le nom *Courcelles* (p. 7),
c'est visiblement par une *erreur matérielle du rédacteur*

de l'arrêt, que la copie authentique du jugement de M. de Bezons, cité par l'arrêt même, suffit à rectifier.

V. A ces constatations de fait la Cour de Riom en ajoute une autre.

Elle fixe, au moment de l'émigration de la famille des Epesse, de Languedoc en Auvergne, le point de départ des altérations successives qui firent du nom primitivement vrai, le nom de *de Crussol*.

Elle attribue ces altérations *à l'influence de la prononciation locale et à l'incurie des rédacteurs d'actes* (p. 8).

C'est, suivant elle, *au milieu du siècle dernier*, que la forme de Crussol se manifeste (p. 8), et que les auteurs de MM. des Epesse en ont « *la possession paisible, publique et non con-* « *testée, depuis l'acte de naissance de Pierre, en date du* « 12 *août* 1761, *c'est-à-dire depuis un siècle* (p. 17).

Tels sont donc les faits sur lesquels s'établit maintenant la discussion devant la Cour de cassation.

§ II.

Le nom patronymique est, en droit, une propriété invariable, incommunicable et inamissible, en dehors des cas et des formes reconnus par la loi.

Un nom ne peut ni se perdre ni s'acquérir, sauf l'intervention d'un décret souverain ; quand une fois il est attaché à une famille comme signe distinctif, des raisons d'ordre public veulent que ce nom lui demeure, reste tel qu'il est, conserve sa forme, et serve à toutes les générations successives comme témoignage impérissable de l'identité du sang qui les unit.

Il s'en suit que le nom est imprescriptible.

Car, comment serait-il incommunicable et inamissible, sans la garantie énergique de l'imprescriptibilité ?

Si l'on pouvait prescrire contre son propre nom, on pourrait donc le changer ?

Si l'on pouvait prescrire le nom d'autrui, on pourrait donc l'usurper ?

Aussi, la thèse de l'immutabilité, par conséquent, de l'imprescriptibilité du nom patronymique, est-elle, en France, en quelque sorte une règle de droit public.

Elle l'était sous l'ancien régime, dès le seizième siècle, avec l'ordonnance d'Amboise du 25 mars 1555, et plus tard avec l'ordonnance de Michel de Marillac de 1629, art. 214. Les auteurs sont unanimes pour proclamer l'immutabilité du nom un principe d'ordre supérieur, et le droit d'y déroger, un droit exclusivement régalien. (*De la Roque, de l'Origine des noms, chap.* 30 ; *Ferrières, Dict. de droit,* vᵒ *Nom ; Denizart,* vᵒ *Nom,* § 3 ; *Henrion de Pansey, Rép. de Merlin,* vᵒ *Nom,* § 2, *nᵒ* 1, l'attestent *in terminis.*)

Sous le régime nouveau, la loi n'est pas moins positive. *Le décret des* 19 et 23 *juin* 1790 proclame, art. 2, qu'aucun citoyen ne pourra porter que le *vrai nom* de sa famille, permettant et, au besoin, ordonnant par là aux tribunaux de ramener éternellement à leur nom vrai, c'est-à-dire premier, ceux qui s'en seraient écartés. Momentanément abrogé par le décret révolutionnaire des 24 et 26 *brumaire an* ii, le principe reprend toute sa force avec la loi du 11 *germinal an* xi, *art.* 4 *et suivants,* avec le *Code Napoléon,* art. 57, 97, 347, *etc.*, et enfin avec la loi récente du 2 *mai* 1858, modificative de l'art. 259 du Code pénal.

Aussi les auteurs et la jurisprudence reconnaissent-ils à ce principe d'immutabilité et d'imprescriptibilité du nom, une double énergie au point de vue du droit public et au point de vue du droit privé.

Dans son rapport avec le droit public, ce principe invalide tous changements ou modifications qu'on chercherait à introduire dans un nom, à l'aide de la possession et du temps, *le nom altéré ou nouveau auquel on prétendrait ne fût-il le nom d'aucune autre famille et aucun droit privé ne fût-il lésé.* Autrement, le droit du souverain d'autoriser seul toute mutation quelconque dans un nom patronymique subirait une atteinte ; et cela suffit pour rendre perpétuellement invalide et inefficace en droit la possession du changement introduit, sans autorisation, dans le nom primitif. (*Cass.* 13 *janvier* 1813 *et* 16 *novembre* 1824. *Dall.*, *v° Noms.* 28 1° *et* 34, 2°.)

Relativement au droit privé, le principe ouvre la revendication aux propriétaires légitimes d'un nom contre ceux qui l'ont sans droit substitué à leur nom originaire et fait triompher cette revendication, à toute époque, quelque caractérisée et longue qu'ait été la possession du nom de la part des usurpateurs. Le nom étant une propriété incommunicable aussi bien que la parenté et l'état civil dont il est le signe, cette propriété doit donc avoir, pour sauvegarde, une revendication perpétuelle, affranchie de toute prescription. Ce droit privé de revendication, *à supposer par impossible le droit régalien du souverain désintéressé dans la question,* suffit, on le voit, à rendre inopérante en droit la possession du nom altéré ou usurpé, dès que ce nom se trouve être celui d'une autre famille. (*Paris*, 15 *avril* 1837. *Cass.*, 16 *mars* 1841. *Dall.*, v° *Noms*, 24, 30 et 19, 1°.)

La Cour de Riom, en apparence au moins, semble d'abord acquiescer à ces principes : « Considérant, dit-elle, que les « noms de famille, étant hors du commerce, *ne s'acquiè-* « *rent et ne se perdent* par aucun des modes applicables à la « propriété ordinaire, vente, donation,... PRESCRIPTION. »

Cela étant, et une fois écartée la prescription en matière de noms patronymiques, quels seront les *seuls* titres dans lesquels la loi verra la source légitime d'un nom patronymique? Ce sont, comme le dit encore la Cour de Riom, *la filiation ou le décret du souverain.*

Ces deux titres, en effet, donnent *seuls* satisfaction aux exigences de l'ordre public et du droit privé.

Par la *filiation*, le nom passe exactement et invariablement du père au fils par une succession indéfinie. Ce mode de transmission maintient à chacun, à chaque famille, sa désignation et son caractère, à chaque patrimoine son assiette fixe, à chaque individu dans la société sa responsabilité personnelle.

Par le *décret du souverain*, le nom est créé ou attribué à nouveau, mais c'est sous l'inspection et la garantie du pouvoir suprême, et sauf les droits des tiers intéressés.

Tel est le régime légal quant à la propriété des noms.

Son application aux faits constants et reconnus par l'arrêt de Riom paraît simple, et bien contraire à celle qui a finalement prévalu, dans cet arrêt.

MM. des Epesse remontent à un auteur qui ne s'appelait pas Crussol, mais Coursule; ils y remontent, a dit l'arrêt, « pas une série de treize générations dont Philippe, auteur « originaire, est la première et eux la treizième (p. 7). »

D'ailleurs, nul lien entre eux et la famille de Crussol d'Uzès.

Une telle génération ne leur a donc transmis et n'a pu leur transmettre que le nom de *de Coursule*. Car le père ne transmet à son fils que le nom de la famille, et non pas un nom étranger : *Nemo dat quod non habet*.

Ce qui a été transmis, *en droit*, c'est donc le nom de Coursule ; ce ne peut être le nom de de Crussol, qu'on le prenne comme le nom d'une famille étrangère, ou qu'on le prenne comme altération du nom propre à la famille des Epesse.

Ainsi la filiation, si nettement reconnue par la Cour, a fait passer de degré en degré une désignation patronymique, qui ne sera pour la dernière et treizième génération, que ce qu'elle était pour la première, à savoir Coursule.

Pour que l'effet conservateur de la transmission par filiation ait été suspendu, pour qu'il y ait eu interversion légale du nom de de Coursule et transformation en celui de de Crussol, que faudrait-il ?

Un décret souverain ; et ce décret n'existe point. Toute autre interversion ou altération n'est donc plus ici qu'un fait sans portée et sans efficacité.

MM. des Epesse peuvent-ils avoir prescrit, légitimé ce changement par une longue possession ? Le nom altéré, qui ne leur appartenait pas, peut-il être devenu leur propriété à la place de leur nom primitif et véritable ?

Non ; car le nom est imprescriptible, au double point de vue de l'ordre public et du droit privé.

D'une part, ils ne pouvaient jamais, sans recours au souverain, *perdre ni abandonner* le nom de *de Coursule* qui a primitivement désigné leur famille dans les relations sociales.

D'autre part, MM. des Epesse ne pouvaient jamais *acquérir* le nom de *de Crussol*, constaté par l'arrêt être le nom d'autrui, la propriété certaine et reconnue de la famille d'Uzès qui est étrangère à la famille des Epesse. MM. des Epesse devaient donc, à toute époque, en tout état de cause, et quelque longue et caractérisée qu'ait été leur possession, être ramenés, sur la demande de M. d'Uzès, du nom de Crussol au nom de Coursule, demeuré leur seul nom vrai, nonobstant toutes apparences plus ou moins récentes et contraires.

Cependant la Cour de Riom a statué d'une façon tout à fait opposée à ces principes :

Après avoir déclaré qu'il existait un nom *primitif*, autre que le nom actuel dans la famille des Epesse, que ce nom avait subi des *altérations successives* dues à l'influence de l'accent auvergnat et à l'incurie des rédacteurs d'actes, et que, de ces altérations successives, avait fini par *surgir* la *variante* de Crussol qui avait pris la place du nom *primitif*, elle a cru pouvoir juger que cette *variante* était devenue le nom légal de MM. des Epesse, s'était substituée au nom primitif, par suite de la *possession* qu'en avaient eue MM. des Epesse, *possession*, a dit la Cour, *qui est* le titre *principal, pour ne pas dire le titre unique, à considérer en cette matière* (p. 14).

C'était violer *in terminis* les règles rappelées ci-dessus : Que la filiation *transmet,* c'est-à-dire *conserve* le nom de famille de génération en génération ; que le décret souverain peut seul y introduire des changements : que la prescription d'un nom nouveau ne peut jamais être acquise en droit à ceux qui l'ont possédé même longuement, surtout lorsque ce nom est reconnu appartenir à autrui.

On pourrait s'arrêter ici : la violation de la loi est flagrante.

Toutefois il n'est pas inutile de rechercher de quelle manière la Cour de Riom y a été conduite.

C'est par trois déductions qu'elle est arrivée, après l'affirmation catégorique du principe de l'imprescriptibilité du nom, à la négation finale et effective de ce même principe.

Voici ce qu'elle a dit en substance :

On ne saurait faire de l'imprescriptibilité du nom une application *rigoureuse et absolue; tous les noms sont variables dans leur orthographe et leur consonnance.*

En conséquence, lorsqu'il s'agit de fixer l'identité et de constater la forme légale d'un nom qui a passé par plusieurs variantes, la nature des choses et l'intérêt de l'État obligent à attribuer, à côté du principe de l'imprescriptibilité du nom, une autorité à *la possession récente qui est après tout le titre, sinon unique, au moins principal en cette matière.*

Cette possession diffère de la prescription ordinaire, et ce n'est pas violer la loi que d'en appliquer les effets dans l'espèce, malgré la règle générale de l'imprescriptibilité des noms.

Ces trois propositions, qui ressortent des développements de l'arrêt, résument toute sa partie doctrinale, toute celle dont l'examen et la révision appartiennent incontestablement à la Cour suprême.

Or toutes trois sont radicalement fausses.

§ III.

Et d'abord, étant admis le principe d'imprescriptibilité des noms, peut-on se dispenser d'en faire une absolue et rigoureuse application? Faut-il, comme l'a fait la Cour de Riom, sinon en termes exprès, au moins dans la pensée générale et constante de son arrêt, distinguer entre l'échange subit d'un nom propre et ancien contre un nom étranger et nouveau, et les innovations apportées à un nom primitif par altérations lentes et successives? Ne faut-il pas dire que ces deux sortes de changements tombent sous le coup du même principe, dont il faut faire, dans les deux cas, une application identique et qui ne saurait fléchir?

L'arrêt de Riom, par cette distinction à laquelle il aboutit, n'a voulu évidemment consacrer le principe d'imprescriptibilité qu'en un sens : Qu'on ne peut tout à coup déposer un nom bien déterminé et d'une identité constante, pour en prendre un autre tout à fait dissemblable et sans analogie prochaine ou éloignée avec le premier.

Mais le principe n'a-t-il pas encore un autre sens, tout aussi incontestable, dont la cour de Riom s'est arbitrairement écartée, et ne faut-il pas dire : Qu'un nom ne peut pas plus recevoir de variantes dans ses parties que dans son intégralité ; que ce n'est pas le nom entier, mais aussi chacune des syllabes qui le forment qu'on ne peut changer, et qu'on ne saurait valablement en modifier ni l'orthographe ni la consonnance originelles?

Si, en effet, l'imprescriptibilité du nom ne s'appliquait pas avec cette rigueur mathématique, pour ainsi parler, il faudrait dire qu'elle n'existe pas réellement.

Car ne voit-on pas que, soit qu'il s'agisse de substituer un nom entier à un autre nom entier, soit qu'il s'agisse d'altérer d'abord sur un point, puis sur un autre, et ainsi de suite, la physionomie du nom, la désignation de la personne et de la famille perd immédiatement sa fixité, sa permanence, subit des fluctuations et des incertitudes? N'est-il pas clair que, du plus au moins, ces altérations produisent les mêmes effets, et constituent, quoique dans des mesures diverses, une même infraction à une même règle d'ordre public? Si le nom n'est pas immuable et imprescriptible jusque dans ses derniers détails, un jour on prescrira une partie du nom par un changement imperceptible, le lendemain une autre partie; l'orthographe changera, avec et par elle, la consonnance; et, peu à peu, la consonnance des diverses parties s'altérant, le tout se trouvera changé et dans l'orthographe et dans le son. On pourra donc arriver à s'attribuer par fragments, sans l'intervention de l'autorité souveraine, un nom absolument méconnaissable, comparé au nom primitif et vrai, un nom nouveau et étranger au premier; c'est-à-dire, en définitive, on pourra arriver à changer son nom; puis, la possession couvrant de sa sanction ces mutations progressives et les légitimant, à quoi bon dès lors exiger l'autorisation souveraine et maintenir dans la loi, en l'annulant par le fait, la règle d'imprescriptibilité? Ces *principes d'ordre public* ne seraient plus rien s'ils n'interdisaient de faire indirectement ce qu'ils ont prohibé de faire directement.

On conçoit, en conséquence, que, dans ce système, nul ne recourrait à l'autorisation du souverain; on attendrait du temps et de l'habileté l'effet des changements graduels et inaperçus, en évitant ainsi la chance d'un refus ou de la contradiction des tiers.

On conçoit également qu'en ménageant adroitement les transitions d'un nom à un autre, on pourrait toujours présenter le nouveau comme une simple variante de l'ancien, et dérober ainsi au principe de l'imprescriptibilité toute occasion d'intervenir et de se faire appliquer.

3

Voilà ce qui arriverait et ce qui ne peut être admis au point de vue du droit public. Ce principe n'aurait plus de valeur et de sens ; on n'aurait plus d'avantage à le maintenir, et il serait tout aussi impossible de le justifier *en ce qui regarde l'intérêt privé*, si, pour l'éluder, il suffisait de procéder à l'envahissement du nom d'autrui par degrés, par variantes, en s'en rapprochant peu à peu chaque jour avant d'y atteindre, au lieu de s'y installer brusquement et violemment, et si ces variantes successives pouvaient arriver ainsi à purger leur illégalité par la possession. Quelle distinction raisonnable et surtout sincère apercevrait-on entre ces deux modes de s'approprier ce qu'il y a de plus incommunicable dans la propriété privée ? Cette évolution dans le nom, qui tout à l'heure était illégitime, parce qu'elle n'avait pas l'autorisation du souverain, qui violait le droit d'autrui parce qu'elle était l'usurpation du nom d'une autre famille, ne peut changer de nature et d'effet, de quelque façon qu'elle se produise, et transformer en droit irréfragable une simple voie de fait inopérante et contestée.

S'il en était autrement, MM. des Epesse pourraient donc, selon leur bon plaisir ou selon les influences contraires des divers accents locaux, revenir du nom de *de Crussol* à celui de *de Coursule*, comme autrefois ils sont passés de celui de *de Coursule* à celui de *de Crussol*. Il leur suffirait de reprendre, en sens inverse, toute la série des mutations par eux déjà parcourue. Comment la cour n'y attacherait-elle pas le même effet juridique ? Ainsi ils pourraient perpétuellement aller des unes aux autres de ces formes indéfiniment variables, sans que jamais on pût remarquer le point où commencerait l'illégalité et celui où s'éteindrait le droit !

On voit donc que la règle d'immutabilité et d'imprescripti-

bilité du nom est formellement violée, par la valeur et l'autorité que la Cour de Riom attribue aux *altérations successives*
survenues dans une désignation patronymique.

Aussi la jurisprudence est-elle positivement contraire à
cette thèse ; elle annule et révoque, par application du principe de l'immutabilité et de l'imprescriptibilité du nom, tous
changements, non-seulement subits, mais introduits par altérations *successives, lentes, inaperçues et même involontaires*,
toutes mutations soit totales soit partielles, toutes modifications d'orthographe et de prononciation. Que l'on ait mal
orthographié dans un nom une syllabe; que l'on ait, à tort,
séparé ou rapproché du nom une particule, les tribunaux
ont toujours reconnu dans ces changements si minimes, dont
quelques-uns ne vont pas jusqu'à altérer la consonnance et
touchent à peine la composition graphique, une juste cause
de rectification, et strictement ramené le nom à sa forme première.

Voyez, en ce sens :

Rennes, 15 *février* 1826, *Dall.*, v° *Actes de l'état civil*,
n° 417-10. Arrêt rectifiant, d'après des actes de 1704 et 1744,
le nom de Lezerec en celui de Lezeleuc.

Nîmes, 6 *juin* 1839. *Dall.* 41. 1. 151. « Considérant que
« le nom d'Azémar *longtemps porté* par les intimés ou leurs
« auteurs, n'est autre que celui d'Adhémar, *altéré dans son*
« *orthographe et sa prononciation par l'idiome languedo-*
« *cien....* Considérant qu'on ne saurait contester aux inti-
« més le droit de porter le nom de leurs aïeux en lui rendant
« *sa véritable orthographe et sa véritable prononciation.* »
Le pourvoi contre cet arrêt, rendu dans des conditions re-
marquables d'identité avec la cause actuelle, fut rejeté par
arrêt de la *Ch. des requêtes, du* 8 *mars* 1841.

Caen, 13 *février* 1846. *Dall.* 46. 2. 8. « Considérant que
« le droit de demander et d'obtenir la rectification des actes
« de l'état civil est accordé par la loi , sans distinction au-
« cune des erreurs plus ou moins importantes qui peuvent
« s'y rencontrer; mais que *ce droit existe principalement*
« *relativement aux erreurs commises dans la manière d'or-*
« *thographier le nom de famille ;* considérant que *ce genre*
« *d'erreurs entraîne effectivement avec lui des inconvénients*
« *graves quant aux intérêts pécuniaires et des embarras*
« *souvent répétés dans les actes de l'état civil;* considé-
« rant d'ailleurs que *d'autres intérêts d'un ordre plus élevé*
« *se rattachent à la* CONSERVATION DANS LES FAMILLES D'UN
« MÊME NOM PATRONYMIQUE RÉGULIÈREMENT ET INVARIABLEMENT
« ÉCRIT DE LA MÊME MANIÈRE; considérant que le nom *Devi-*
« *lade* écrit en un seul mot et sans distinguer ou séparer la
« première syllabe des trois syllabes suivantes n'est point
« IDENTIQUEMENT LE MÊME que lorsqu'il forme deux mots dis-
« tincts : *de Vilade*, etc. »

Douai, 10 *août* 1852. *Aff. Du Chambge. Dall.* 53. 2. 257.

Trib. de Valenciennes, 21 *novembre* 1855. *Aff. Du Puis-*
Vaillant. « Considérant en droit que le nom de famille est
« imprescriptible ; que si l'on peut *le reprendre après l'avoir*
« *abandonné*, à plus forte raison peut-on *lui restituer son*
« *orthographe et sa forme véritables altérées par erreur ou*
« *par négligence, quel que soit d'ailleurs le temps écoulé.* »

Douai, 20 *juin* 1860. *Aff. Le Gentil. Monit. des Trib.*
1860. *Table*, v° *Actes de l'état civil.*

Rouen, 2 *juin* 1862. *Rec. périod. de Rouen et Caen* 1862,
p. 302. *Aff. De Lamare.* « Attendu que le droit de deman-
« der la rectification des actes de l'état civil peut évidemment
« s'exercer, lorsqu'il s'agit de réparer des *erreurs commises*

« *dans la manière d'orthographier les noms de famille*,
« *puisque les intéréts les plus respectables veulent que les*
« *noms patronymiques soient* RÉGULIÈREMENT ET INVARIABLE-
« MENT ÉCRITS DE LA MÊME MANIÈRE. »

Paris, 3 *mai* 1864. *Rec. de Paris*, 1864, *p.* 360. *Aff.*
De Metz. « *Considérant que le temps ne peut changer les*
« *noms; que le droit de ceux qui les portent est impres-*
« *criptible; que leur orthographe doit étre rétablie quand*
« *elle est constatée par des preuves authentiques.* »

Cette jurisprudence si ferme ne s'applique-t-elle pas
d'elle-même aux faits de la cause, tels que les a reconnus
l'arrêt?

Le nom de MM. des Epesse étant à l'origine *Coursule* (ou,
si l'on veut, *Courcelles*), doit, par suite de son imprescriptibilité, être *toujours* INVARIABLEMENT *écrit de la méme manière;* et, quelque laps de temps qui se soit écoulé, ils ont
le *droit* de le porter *comme leurs ancétres*, EN LUI RENDANT
SA VÉRITABLE ORTHOGRAPHE ET SA VÉRITABLE PRONONCIATION.

Comment ce qui résulte *pour eux* de l'imprescriptibilité
de leur nom, n'en résulterait-il pas *contre eux* avec la même
puissance?

L'effet de l'imprescriptibilité est indivisible; on ne peut
le récuser s'il est contraire, l'accepter s'il est favorable. En
une matière d'ordre public, rien n'est laissé à l'arbitraire des
parties intéressées; il ne saurait dépendre du choix de
MM. des Epesse de se prévaloir ou de s'affranchir de la règle
même dont ils auraient le droit de se prévaloir.

Encore une fois, ce nom est et doit être *un;* et c'est le nom
primitif. Si ceux à qui il appartient peuvent toujours le *ré-*

clamer, on peut toujours aussi , par une réciprocité nécessaire, leur *imposer de le reprendre.*

Si les défendeurs éventuels avaient *réclamé* pour leur nom
son orthographe et sa forme premières , la Cour de Riom
n'aurait pu les leur refuser qu'en violant la loi.

Sommés de les reprendre par les propriétaires du nom
qu'ils y avaient substitué, la Cour ne pouvait refuser de les y
contraindre, qu'en commettant une violation tout aussi for-
melle.

C'est ce qu'elle a fait cependant, sous le prétexte qu'elle ne
rencontrait que *des altérations successives, subies-et non pro-
voquées, sans usurpation effrontée, des modifications inces-
santes que le temps entraîne avec lui* (p. 14, 18).

De telles excuses n'en sont pas ; nous venons de le voir.
Quant à la bonne foi supposée par la Cour , elle n'est pas
davantage à considérer. Dans une poursuite correctionnelle
en vertu de l'art. 259, C. pénal, elle aurait pu avoir son poids ;
mais en matière purement civile , en face des exigences de
l'ordre public et des droits de la propriété privée, l'intention
de ceux qui ont entrepris à la fois sur le pouvoir souverain et
sur le bien d'autrui , est tout à fait indifférente , et ne peut
rien, quant à l'application du principe d'imprescriptibilité et
d'immutabilité des noms.

§ IV.

L'arrêt de la Cour de Riom cherche à pallier cette violation manifeste, par une théorie que voici :

Suivant elle, l'imprescriptibilité absolue étant trop rigoureuse dans ses conséquences pratiques , la loi a dû chercher à la tempérer. C'est ce qu'elle a fait en admettant en

définitive la *possession comme le titre, sinon unique, au moins principal qui crée et attribue les noms* (p. 14). De là il devra suivre que, dans le conflit du nom primitif et du nom modifié, la possession permettra de tenir ce dernier pour le nom vrai et légal de la famille, lorsque le retour au nom primitif et anciennement abandonné ne pourrait être imposé à cette famille qu'au prix d'un trouble grave dans les habitudes de sa désignation actuelle.

Qu'est-ce encore autre chose ici qu'une violation de la loi, une erreur juridique, un système de pure fantaisie?

Et n'est-ce pas nier la *sanction pratique et inévitable* d'un principe dont on a reconnu la légalité, la justice et la nécessité?

Lorsque le juge du fait se trouve en face d'un nom changé brusquement ou transformé insensiblement en un autre, son devoir est de révoquer, de supprimer, comme n'existant pas valablement en droit, le nom tout nouveau ou modifié, d'en interdire désormais l'usage, de déclarer que le nom primitif de la famille a été et doit toujours continuer d'être son seul nom.

Le second nom étant, à l'égard du premier, convaincu de n'en n'être qu'un changement, et aucun changement, en fait de noms, ne se légitimant par prescription, il faut donc revenir au nom originaire, ou bien le principe admis par la loi demeurera dépourvu de sanction.

Faudra-t-il tout au moins, avant de restituer ou de faire reprendre à une famille son nom primitif, s'inquiéter de savoir si le nom nouveau a ou n'a pas été assez longtemps possédé, pour ne pouvoir être supprimé qu'au risque de causer une confusion passagère dans la désignation des personnes?

Qui ne voit, que, si l'on se laisse aller à de telles considérations, il arrivera presque toujours un moment où les noms changés auront été possédés assez longtemps pour que, la désignation primitive s'effaçant et n'étant plus en usage, elle ne puisse être rétablie qu'en entraînant tout d'abord quelque trouble dans la désignation des familles?

S'il fallait s'arrêter à ces éventualités, l'imprescriptibilité n'aurait donc de sanction et d'effet révocatoire que durant un temps; ou, pour rendre exactement l'idée, *le nom se trouverait donc prescrit au bout d'un certain nombre d'années!*

Car, il n'y a pas à hésiter :

Ou le principe est dépourvu de sanction, ou bien, quel que soit le laps de temps écoulé, il faut revenir au nom ancien, dût-il en résulter un embarras d'un instant dans la désignation des personnes.

Il suit de là que, placés en face d'une famille dont le nom primordial *de Coursule* s'était *transformé par l'influence de l'accent local et de l'incurie des rédacteurs d'actes* en celui de *de Crussol*, les juges ne pouvaient sous aucun prétexte se dispenser de le ramener à la forme Coursule, quand cela leur était demandé par M. de Crussol d'Uzès, seul légitime propriétaire du nom de de Crussol.

Mais, selon la Cour de Riom, la prescription est hors de cause, parce qu'en droit il existe un titre par lui-même attributif et créateur du nom, à l'égal de la filiation ou du décret souverain. Ce titre, ce serait la possession récente; et, en fait, on la rencontrerait chez MM. des Epesse, se dénommant aujourd'hui de Crussol.

Il n'y a qu'un vice à ce raisonnement, mais il est capital : c'est que jamais loi semblable n'a existé, et la jurisprudence est là pour l'attester.

Les Cours impériales et la Cour de cassation se sont trou-

vées souvent en face de prétentions identiques à celles de la
cause présente ; la solution qu'elles ont adoptée a toujours
été de faire prévaloir la possession ancienne, désertée même
depuis longtemps, sur la possession nouvelle, fût-elle plus
que séculaire.

Il était trop évident que, juger autrement, c'eût été ré-
duire à n'être plus qu'un vain mot l'imprescriptibilité du
nom.

Citons seulement les arrêts suivants :

Grenoble, 29 *février* 1860. *Dall.* 60, 2, 174. « Attendu
« que, quelles que soient les erreurs, les omissions ou les discor-
« dances qui se rencontrent dans les actes, notamment dans
« les actes *des requérants et de plusieurs de leurs ascendants*
« (c'est bien là la possession récente), lesdits actes *peuvent et*
« *doivent toujours* être rectifiés sur la demande des parties
« intéressées, et qu'*un état de choses irrégulier, en se prolon-*
« *geant pendant un temps plus ou moins long, ne saurait*
« *faire obstacle au droit existant quant à ce.* »

Paris, 3 *mai* 1864. *Rec. de Paris*, 64, p. 626–631. Il
s'agissait de ramener à la forme *de Metz* un nom dont l'orthographe usitée depuis 1726 était *Demetz*. « Considérant
« que, si le nom de famille est écrit d'une manière différente
« dans les divers actes de naissance de ses membres, *on doit*
« *préférer l'orthographe ancienne à l'orthographe nouvelle;*
« que le temps ne peut changer les noms; que le droit de
« ceux qui les portent est imprescriptible. »

La *Cour de cassation* a statué de même dans une espèce
déjà signalée comme remarquable soit en elle-même, soit par
son rapport frappant avec la contestation présente.

M. d'Adhémar portait le nom d'Azémar, ainsi altéré et
corrompu au seizième siècle par le patois languedocien ; il

revendiquait le nom d'Adhémar, primitif dans sa famille; il avait contre lui plusieurs siècles de possession récente et contraire.

Le Ministère public fit valoir contre lui l'argument dont s'empare aujourd'hui la Cour de Riom : Il y aurait danger à autoriser ou obliger les particuliers à reprendre un nom tombé en désuétude; la possession récente abroge le nom ancien; y revenir, c'est changer et non pas reprendre son nom légal et vrai. (Voy. *Journal du Palais*, 1839, I, 627.)

M. d'Adhémar triompha cependant, et la thèse du Minis. tère public, qui est aujourd'hui celle de l'arrêt de Riom, fut écartée par la Cour de Nîmes qui décida : « Qu'on ne saurait « contester à M. d'Adhémar le droit de porter le nom de ses « aïeux, en lui rendant sa véritable orthographe et sa véri- « table prononciation; ... que les lois qui défendent les « changements de noms ou prescrivent les formalités à rem— « plir pour arriver à ces changements sont inapplicables à la « cause, puisqu'il ne s'agit pas pour l'intimé de substituer ou « d'ajouter un nom à un autre, mais de conserver dans toute « sa pureté le nom de la famille. »

Pourvoi : Un des moyens soumis à la Cour suprême consistait à dire que le vrai nom était celui qu'avait créé et constitué une possession récente, et que reprendre le nom modifié depuis plusieurs siècles n'était pas conserver son nom propre, mais usurper un nom étranger; qu'en conséquence il eût fallu renvoyer M. d'Adhémar à se pourvoir auprès du souverain.

Ce qui, au fond, on doit le voir, concorde et se confond avec la théorie de l'arrêt de Riom.

Sur ce moyen, la Cour de cassation rejeta en ces termes : « Attendu qu'il ne s'agissait pas dans la cause d'un change— « ment de nom ni d'une rectification des actes de l'état civil,

« mais de savoir si les défendeurs éventuels, prouvant que
« *les deux premières générations* de leur famille avaient porté
« le nom d'Adhémar, pouvaient être autorisés eux-mêmes à le
« *reprendre* aujourd'hui comme étant leur propriété ; .... qu'il
« n'y a pas excès de pouvoir, puisque la Cour de Nîmes n'a
« fait qu'interpréter les actes qui lui étaient soumis et *appli-*
« *quer les principes généraux du droit.* » (*Req. rej.* 8 *mars* 1841.
Dall. 51, I, 141.)

Ainsi, quand une Cour reconnaît, dans un nom *porté par
les deux premières générations d'une famille, mais changé
et altéré par toutes les autres et depuis des siècles,* le vrai et
seul nom, la vraie et seule propriété de cette famille, et quand
elle l'y ramène nonobstant toute possession contraire, récente, publique et constante, elle ne fait qu'*appliquer la loi!*

La conséquence est claire : la loi n'est donc pas ce que dit
la Cour de Riom ; et toute cette thèse subtile et erronée de
la possession récente formant titre attributif, est hors de ses
termes et des droits qu'elle a consacrés.

Faut-il s'arrêter aux deux considérations qui ont conduit
la Cour de Riom à cette erreur?

Et d'abord, d'après elle, les noms sortis à l'origine de la
possession, en ont relevé toujours, en relèvent encore,
comme *titre attributif et créateur, titre principal sinon
unique.*

C'est là une double confusion.

C'est confondre d'abord le fait historique et le droit légis-
latif.

C'est confondre ensuite l'effet déclaratif qui peut résulter de la possession, en matière de noms, avec le pouvoir attributif qui ne lui appartient jamais.

Historiquement, il est vrai que les noms patronymiques, inconnus jusqu'au dixième siècle, se formèrent du dixième au quinzième par l'usage, l'habitude, la possession, qui imprimèrent à chacun un nom tiré de circonstances diverses; qui firent plus, et qui, imposant le même nom aux générations successives d'une même famille, en consacrèrent insensiblement l'hérédité.

En ce sens, les noms remontent donc rarement à un titre proprement dit, à un acte exprès, écrit, à une concession souveraine qui en fixe, dès l'apparition première, l'identité absolue. Le plus grand nombre, sorti du fait et de la tradition, ne peut prétendre d'autre titre originaire que la possession.

Mais, de ce fait historique, on n'a pas le droit de conclure à une règle législative analogue, et de dire : La possession, aujourd'hui encore, crée, attribue les noms, décide toujours de leur forme définitive, et en investit souverainement les personnes qui sont parvenues à l'acquérir.

En effet, lorsque la possession eut produit primitivement l'état de choses nécessaire dont on vient de parler et constitué les noms dans toutes les classes de la société, la société s'emparant de ces résultats de la possession et de leurs effets heureux pour l'ordre public, a dû en écarter la reproduction et les effets dans l'avenir. Car, si la possession eût conservé le pouvoir actif de modifier et de transformer les noms, elle eût ruiné elle-même ce qu'elle avait constitué pour la désignation des personnes et pour l'exercice de leurs droits.

De là est née précisément la règle de l'immutabilité et de l'imprescriptibilité du nom, consacrée par les ordonnances de

1555 et 1629, recueillie par la doctrine, comme on l'a vu plus haut (§ II).

En quoi consiste cette règle, sinon à interdire à la possession de détruire ou de remanier désormais son ouvrage, et, tout en reconnaissant son pouvoir et son action dans le passé, à les supprimer dans l'avenir, en un mot à en garder les résultats acquis, mais en les immobilisant et en veillant désormais à leur conservation?

Raisonner comme l'a fait la Cour de Riom, c'est donc oublier que, depuis le fait historique justement constaté, est survenue, par la nécessité même des choses, cette règle de droit public et privé dont l'effet et le but ont été d'abroger dorénavant le pouvoir de la possession sur les noms patronymiques.

De ce jour (et il est facile de reconnaître que ce jour se place, par la date, bien avant les faits de possession invoqués dans la cause, et dont le plus ancien remonte seulement à un siècle), toute possession est devenue inopérante en droit ; de ce jour, il n'a plus été exact ni juridique de dire, comme l'exprime l'arrêt, que : La possession est le *titre attributif, sinon unique, au moins principal en cette matière.*

En vain alléguerait-on, pour arriver à la même conclusion, certains faits récents et quotidiens qui se sont produits, indépendamment des faits anciens et historiques.

Il est très-vrai qu'un grand nombre de noms s'altèrent chaque jour sous nos yeux. Mais qu'en conclure, si le fait invoqué est illégal, quoique fréquent? Fût-il plus fréquent encore, prouverait-il mieux, en droit, la force attributive et créatrice qu'on veut chercher dans la possession?

S'il arrive que les noms se modifient souvent sous l'empire de la possession, ce n'est pas que la loi accepte et consacre ce résultat, c'est qu'il ne s'offre personne qui se trouve ou se croie intéressé à faire appliquer ses prohibitions, et à ramener les noms à leur forme première et imprescriptible ; mais le défaut de parties intéressées à requérir l'application constante de la loi, ne prouve pas l'absence de la loi, et ne peut faire périmer le droit de ceux qui sont fondés à invoquer son appui et son autorité.

A cette confusion ainsi écartée en succède une seconde dans l'arrêt de la Cour de Riom, c'est la confusion du pouvoir attributif et du pouvoir déclaratif dans la possession.

On voit souvent, ainsi que l'insinue la Cour de Riom, la possession prise comme raison de décider dans les procès concernant les noms patronymiques. Mais en quel sens ?

En ce sens qu'elle a, en certains cas, un pouvoir démonstratif d'un fait, d'un droit, possédés et prétendus, et dont le contraire n'est pas établi ; mais jamais en ce sens qu'elle puisse attribuer un droit en opposition, en contradiction avec les faits et le droit antérieurs.

Les seuls titres attributifs du nom sont la concession souveraine et la filiation.

La concession souveraine est un titre attributif en soi : elle crée le nom et confère le droit de le porter.

Quant à la filiation, elle transmet le nom qu'elle ne crée pas. Il faut remonter de degré en degré, d'acte en acte de l'état civil. Ces actes constatent le droit de chaque génération par référence au droit de la génération précédente, et ainsi de suite indéfiniment ; en sorte que, parvenu jusqu'au dernier qui apparaisse, on se trouve toujours en face d'un acte dont le propre est de constater, non de créer le droit au nom.

Comment donc décider si cet acte, absolument ou relativement primordial, constate exactement ou inexactement le
nom? Par la force des choses, une seule voie est ouverte :
c'est de tenir, *à l'origine*, la *possession* constante et publique
pour *déclarative* du droit, et de dire : le droit existe,
puisque la possession l'indique, sans opposition avec un titre
rival ou différent.

En ce sens, mais en ce sens seulement, la possession sera
un titre : Lorsqu'on est arrivé, en remontant les générations,
à la forme originaire du nom, on ne peut donner de cette
forme une autre raison que sa possession même ; mais cette
possession, remarquons-le, *n'est que déclarative*, et elle ne
l'est que grâce à ce qu'au delà d'elle il n'y a plus rien de
connu qui puisse *contredire* ou *suppléer* la présomption
qu'elle établit.

Il ne faut donc pas dire que la possession a toujours un
pouvoir déclaratif, lorsqu'elle est, comme dans la cause,
récente et contredite par une possession plus ancienne. Car,
alors, il est manifeste que, n'étant point d'accord avec l'état
antérieur des choses, toute sa force présomptive tombe devant
celle du passé, et que son pouvoir déclaratif ne pouvant
offrir un secours que dans les cas où des titres et des faits
antérieurs ne se rencontreraient pas pour dispenser le juge
de la consulter, elle perd ce pouvoir dès que ces faits et titres
antérieurs et contraires apparaissent pour fournir des moyens
de ruiner ou remplacer les simples présomptions qu'elle
engendrait (*Lyon*, 29 *novembre* 1859 ; *Dall.* 61, 1, 177.)

Or, si elle cesse d'être déclarative en ce cas, il ne lui res-
tera ici aucun effet, à moins que, passant d'un ordre d'idées
à un ordre tout différent, on ne lui concède une puissance
attributive. Mais la possession attributive d'un droit, que

serait-ce sinon la *prescription?* Or la prescription (la Cour
de Riom elle-même l'a déclaré) est sans effet dans la matière
des noms de famille.

La Cour de Riom a donc évidemment confondu, dans l'application qu'elle a faite à la cause des effets de la possession,
son pouvoir *déclaratif,* souvent admis, et à bon droit, par la
jurisprudence pour fixer le nom *primitif* et y ramener les
variantes du nom plus récent, avec un pouvoir *attributif*
qui ne lui a jamais été reconnu à l'effet de créer et de consti-
tuer un nom *récent,* contraire au nom ancien et d'abroger ce
dernier par le premier.

Elle a d'ailleurs, en dehors du rôle réservé par la loi à la
possession en matière de noms, dénaturé les notions générales du droit sur l'efficacité de la possession en toute matière : sauf le cas de prescription, qui équivaut à un titre et
constitue un droit, la possession n'est généralement qu'un
fait provisoire, une présomption première qui, comme toute
présomption simple, doit céder à la preuve contraire : en
sorte que si des faits antérieurs la démentent, son pouvoir
uniquement déclaratif s'évanouit, et la vérité présumée fait
place à la vérité constatée par les faits et par la démonstration.

L'argumentation est-elle meilleure, lorsque, quittant ces
considérations erronées sur la possession et ses effets, la Cour
s'arrête à ce second argument : Que ne point tenir compte
de la possession nouvelle serait apporter le plus souvent un
trouble grave dans les situations acquises?

Nous ne le pensons pas.

Ce que paraît craindre la Cour, est, en effet, évident, mais
en même temps inévitable.

Il est clair que l'imprescriptibilité exercera sur les changements qu'on aura introduits dans les noms un effet révocatoire, toutes les fois qu'elle sera invoquée; mais on ne peut tout à la fois affirmer un principe et en répudier les effets.

La Cour a cherché à concilier deux propositions contradictoires, à poser, avec la loi, le bon sens et l'ordre public, une règle qui atteigne et détruise en matière de noms les faits nouveaux et illégaux de changement ou d'altération, et cependant à éviter de troubler l'état de choses auquel cette révocation est destinée à remédier.

Par là la Cour a été amenée à s'armer des effets les plus naturels et les plus nécessaires de l'imprescriptibilité contre l'imprescriptibilité même.

Cette argumentation n'est donc pas admissible; elle va contre la loi, et détruit sa puissance en la divisant.

La loi n'a pas cherché à concilier les contraires. Elle a fait une option nette et absolue, en une matière qui la commandait. Elle a adopté la règle de l'imprescriptibilité, avec ses effets révocatoires et destructifs de toute possession récente et contraire à l'état de choses antérieurement constitué et reconnu!

Concevrait-on bien, d'ailleurs, que la loi se fût préoccupée avec cette sollicitude de ménager des situations acquises à des usurpateurs qui, même de bonne foi, n'en seraient pas moins des usurpateurs? Certes, il y a place à une plus vive sollicitude, pour assurer une protection efficace et pratique au droit inviolable des familles. Si la loi eût été pleine de ces ménagements, que la Cour de Riom lui prête pour le *fait accompli* chez les uns, ce n'aurait pu être qu'à la condition d'être insouciante du *droit* chez les autres. La loi ne pouvait hésiter; et elle a évidemment accepté le trouble momentané, subit et

5

même violent dans les situations de fait, pour l'avantage et l'honneur de restituer au droit sa dignité et le respect permanent qui lui est dû.

§ V.

Le système de l'arrêt se distingue-t-il d'ailleurs sérieusement de la *prescription?* et ne conduit-il pas au contraire a rétablir en réalité, sous une couleur différente, la *prescriptibilité* des noms quand il admet que la *possession est le titre, sinon unique, au moins principal en cette matière;* quand il ajoute que *la possession à considérer est bien plutôt celle des générations existantes que celle des générations depuis longtemps évanouies* (p. 14 et 15); quand il constate que *la possession de M. des Epesse a été paisible, publique, constante, non contestée, séculaire, revêtue de tous les caractères de la bonne foi;* et quand il en tire pour conséquence qu'elle forme pour eux *titre attributif au nom de de Crussol?*

Nous disons que c'est, par une contradiction flagrante, affirmer purement et simplement la prescription après l'avoir répudiée. Car la Cour était impuissante, et tout le monde l'eût été à sa place, à distinguer de la prescription la possession équivalant à un titre.

Faire de la *possession* un *titre,* n'est-ce pas arriver au *principe* même de la prescription ?

Opposer la *possession récente* à la *possession ancienne* et l'en faire triompher, n'est-ce pas le système de la prescription même, dont *le but et l'effet* sont de déterminer les droits, bien plutôt par les apparences récentes que par les titres anciens, et d'abroger, par l'état de choses nouveau, tous droits antérieurs et contraires ?

Donner pour *motif* à cette préférence de la possession récente sur l'ancienne, l'inconvénient de troubler les situations
acquises, de jeter la confusion dans les intérêts moraux et
matériels, en ramenant les noms à une forme anciennement
abandonnée, n'est-ce pas admettre la prescription jusque dans
les motifs législatifs qui l'ont fait établir? Quels sont-ils en
effet, sinon le danger d'apporter, comme dit l'arrêt, *un grave
dommage à l'ordre public et au repos des familles*, en voulant
toujours ramener les droits à la vérité primitive dont les a
écartés une plus récente possession ?

Enfin indiquer comme éléments de la solution, par conséquent requérir que la possession récente pour abroger l'ancienne, ait été *paisible, publique, non contestée, constante, de
bonne foi, et ait eu une longue durée* (l'arrêt constate ici sa
durée, un siècle, comme un point à prendre en considération),
n'est-ce pas s'attacher à toutes les *conditons légales exigées
pour prescrire?* Car la loi n'en requiert pas d'autres, pour
qu'en toute autre matière la possession récente conduise à la
prescription.

Ainsi, on ne peut en disconvenir, après avoir déclaré n'admettre en droit aucune prescription pour les noms, la Cour
revient immédiatement à toutes les conditions qui la constituent, pour les adopter et s'y soumettre.

Principe, but, effets, motifs, conditions légales de la prescription, tout y est; c'est la *prescription même* qui donne
gain de cause aux adversaires de M. de Crussol d'Uzès!

Son *nom* seul est changé. La Cour l'intitule *Possession
sui generis, possession valant et formant titre dans cette matière spéciale.* Mais il appartient à la Cour suprême, dans
l'examen des solutions d'un arrêt, de pénétrer au fond des
expressions inexactes et trompeuses, de chercher l'idée vraie

sous la formule d'emprunt, la réalité sous l'apparence. La forme de la rédaction ne peut pallier le vice de la décision en elle-même; le droit n'est pas moins violé, parce que, tout en le violant, les juges du fait auront attesté qu'ils ne le violaient pas.

N'ayant pu établir une différence vraie et sérieuse entre le système qu'il consacre et celui de la prescription, l'arrêt a donc admis la prescription comme moyen d'acquérir un nom autre que le sien, de s'approprier ou tout au moins de partager un nom reconnu appartenir à autrui. Par cela même il a *formellement violé la loi qui prohibe l'application de la prescription à cette matière*, en même temps que les lois qui interdisent de quitter son propre nom, pour s'emparer de celui d'autrui.

§ VI.

Le pourvoi peut encore s'appuyer sur un autre moyen.

La possession, en la supposant susceptible de former titre en cette matière, n'aurait du moins, chez MM. des Epesse, *d'après les circonstances de fait reconnues par l'arrêt*, aucun des caractères légaux requis en général pour une possession efficace et que, par une nouvelle contradiction, l'arrêt déclare lui attribuer.

. C'est ainsi que la possession, qui devait être *publique, constante, non équivoque*, ne l'est pas, ainsi que le relève avec soin le mémoire à l'appui du pourvoi. Car elle repose sur deux actes isolés de cent autres actes et surgissant à un long intervalle l'un de l'autre, au milieu d'actes d'une possession continue ou différente (*Actes de naissance de* 1761 *et de* 1822.)

C'est l'arrêt qui l'établit catégoriquement. De plus, cette possession acquisitive devrait être surtout l'expression de *la volonté* de changer de nom. Cette condition d'être *intentionnelle et délibérée* est requise par la jurisprudence constante de la Cour suprême pour toutes les modifications de noms résultant de l'addition d'un nom de fief au nom de famille (10 *mars* 1862. *Dall.* 62. 1. 219). Et ce n'est pas seulement par une analogie exacte, mais par un *a fortiori* puissant qu'il faudrait l'exiger dans toutes les modifications du nom résultant d'altérations dans son contexte : comment en effet pourrait-on perdre ou altérer son nom, en acquérir un autre, par une possession *non intentionnelle* du nom nouveau et sans que cette possession manifestât la volonté de changer l'ancien ou d'y introduire des mutations profondes, lorsqu'on ne peut, sans ces mêmes conditions, y faire des additions moins intimes et moins essentielles?

Eh bien ! la Cour de Riom constate, dans son arrêt, que c'est *sans leur volonté, contrairement à leur volonté*, que MM. des Epesse ont possédé un nom altéré, puisqu'il y est dit qu'*ils ont subi, non provoqué, des altérations dans leur nom antérieur.*

Dès lors la possession du nom altéré serait nécessairement inopérante et la Cour de Riom n'aurait pu lui attribuer effet qu'*en violant les principes sur les conditions de la possession acquisitive, consacrés, pour les cas auxquels elle s'applique, par la jurisprudence de la Cour de cassation.*

§ VII.

Mais il y a plus encore : l'arrêt admet les effets légaux de la prescription, pour une possession, dont il ne détermine pas même la durée obligatoire.

Suffira-t-il d'une possession de dix ans, de vingt ans ? la faudra-t-il de trente ans, ou devra-t-elle être séculaire ? L'arrêt ne s'explique pas sur ce point, et par là il laisse régner l'arbitraire, en une matière où l'arbitraire ne peut être toléré.

Il assigne à la possession récente un rôle tutélaire en faveur des situations actuelles, et il puise ses motifs, pour légitimer cette faveur, dans le besoin de maintenir ces situations et dans le danger qu'il y aurait à y jeter le trouble ; mais ce besoin et ce danger existeront après dix ans, comme après trente, et si l'on fait résider le point de départ utile de cette possession, dans un acte de transmission du nom, comme l'a fait l'arrêt en indiquant les actes de 1761, ne faudra-t-il pas dire, en poussant les assimilations jusqu'au bout, que dix ans de possession du nom ou vingt ans, si l'on veut, appuyés sur un pareil titre, vaudront, d'après les règles générales, au nom ainsi acquis par l'erreur ou usurpé par la fraude, les honneurs et les profits d'une légitime propriété ? On peut voir, dès lors, par les conséquences, le vice du principe ; et, comme en matière de principes à répudier ou à maintenir, il n'y a point de plus ou de moins, c'est une raison de plus pour condamner la théorie de l'arrêt de Riom.

Au surplus son application spéciale à la cause jugée par la Cour, ne fait-elle pas sentir tout ce que cette théorie a de défectueux et de faux ?

On était, devant la Cour, par suite de demandes en rectification d'actes de l'état civil ; on demandait que des actes portant les noms de Courcelles, Coursule et autres variantes fussent rectifiés par la substitution du nom de *de Crussol*.

Dans le système des demandeurs cette prétention n'avait

rien que de parfaitement logique, ceux-ci ayant soutenu tout d'abord, que leur nom véritable et primitif était bien *de Crussol*, nom qui avait, par diverses circonstances, dégénéré de sa pureté première. S'ils prouvaient cela, en fait, il est clair que la rectification des actes devait leur être accordée; mais ce n'est pas cela qui a été reconnu par la Cour: son arrêt constate, au contraire, que leur nom fut *de Coursule*, jusqu'en 1761. Il ne dit point, loin de là, qu'aux époques antérieures, il ait été *de Crussol;* et il ajoute que de *de Coursule*, il n'est devenu *de Crussol*, que par la corruption du langage : en admettant, en ce sens, la rectification, l'arrêt fait donc deux choses rationnellement et légalement contraires aux principes mêmes qui légitiment les demandes de cette nature ; il rectifie ce qu'il reconnaît avoir été l'état de choses primitif et vrai, par ce qu'il avoue n'avoir été que l'état subséquent et dégénéré : et le redressement, au lieu de porter sur des actes nouveaux, éclairés et ramenés à la vérité, par le témoignage des actes anciens, se sert, pour effacer en ceux-ci un témoignage dont la sincérité est reconnue, des altérations glissées dans les actes nouveaux, pour les faire remonter et prendre place au contexte de leurs prédécesseurs.

Il y a là manifestement un renversement de toutes les règles, comme de toutes les pratiques reçues ; et c'est la conséquence véritable du principe essentiellement faux, qui fait la base de l'arrêt dénoncé : à savoir la prescription ouverte ou déguisée admise comme moyen légitime de changer ou d'acquérir les noms.

Le pourvoi de M. le duc d'Uzès se place, d'ailleurs, devant la Cour suprême, sous la protection de la plus favorable et de la plus respectable des lois, celle qui maintient l'intégrité d'une propriété précieuse, la propriété du nom de famille. Cette partie toute personnelle du patrimoine est de celles auxquelles la législation s'honore de ne point mesurer une protection étroite et jalouse.

Le demandeur ne réclame d'autre bénéfice que celui que lui assure une loi aussi juste et aussi nécessaire pour la sauvegarde des intérêts publics et des intérêts privés. Son droit est le droit qui appartient à toute famille de défendre l'inviolabilité de son nom; de conserver les avantages privatifs et légitimes de la considération que le passé y a attachés, avec le devoir de continuer les traditions qu'il rappelle. Il accomplit, par là, un double devoir envers la vérité et envers lui-même, en ne laissant point tomber dans le domaine de tous, un nom qui n'a distingué et honoré qu'une famille, en même temps qu'il se plaçait parmi les noms qui ont contribué à l'honneur du pays.

Pour tous ces moyens, les soussignés estiment qu'il y a lieu d'admettre le pourvoi.

Délibéré à Paris, le 14 avril 1866.

HÉBERT,
ADRIEN DE TOURVILLE.

9267. — Imprimerie générale de Ch. Lahure, rue de Fleurus, 9, à Paris.

www.ingramcontent.com/pod-product-compliance
Lightning Source LLC
Chambersburg PA
CBHW060842180626
46818CB00004B/1554